PEYRONNÉIDE.

IMPRIMERIE DE J. TASTU,

RUE DE VAUGIRARD, N. 36.

PEYRONNÉIDE.

Épitre

A M. DE PEYRONNET.

PAR

MÉRY ET BARTHÉLEMY.

Ecce iterum Crispinus.....
JUVÉNAL.

Seconde Édition.

PARIS

AMBROISE DUPONT ET Cᴵᴱ, LIBRAIRES,

RUE VIVIENNE, N. 16.

1827

PRÉFACE.

❋

S'IL est permis quelquefois à des poëtes satiriques de *pousser jusqu'à l'excès la mordante hyperbole*, ce doit être dans les circonstances au milieu desquelles nous vivons. Ceux qui nous ont reproché de mettre souvent trop d'âpreté dans nos satires, et de faire des vers im-polis, voudront bien nous excuser cette fois, si nous persistons dans notre défaut ; il nous est impossible d'i-miter la galanterie de ces colonels de Fontenoy, qui saluaient poliment leurs ennemis avant de les fusiller ; la crise actuelle est trop brûlante pour que nous puissions songer à marier le bon ton avec le sarcasme, et les belles manières des salons avec les cris d'indignation provoqués par un projet de loi qui condamne à mort la pensée. Ce n'est qu'avec regret que nous avons glissé dans notre cadre une gaieté qui n'est pas dans nos cœurs, et une plaisanterie qui semble n'être plus de saison. C'est comme citoyens que nous montons sur la brèche, et nous nous estimons heureux de pouvoir publier nos vers, comme l'expression de nos sentimens particuliers ; car le moment est venu où *chaque citoyen doit porter écrit sur son front ce qu'il pense de la chose publique* *.

---

* Sit denique scriptum in fronte uniuscujusque civis quid de repu bliod sentiat.

CICÉRON.

Jamais sur les coussins où Ta Grandeur repose [1],

L'œil du solliciteur ne te vit si morose;

En vain d'Hermopolis, abdiquant l'encensoir,

Dans son billard désert t'appelle chaque soir [2];

Rien de tes noirs soucis désormais ne t'écarte,

Et, plus triste qu'un Roi qui concède une Charte,

Tu sembles revenir aux jours infortunés

Où périt dans tes mains la cause des aînés.

Quel est donc ce chagrin? Un fantôme femelle
A-t-il de ton boudoir forcé la sentinelle,
Et rompant le traité qui l'exile à Bordeaux
A-t-il de ton alcove entr'ouvert les rideaux?
L'ombre de Guttemberg exprimant la menace [3],
A-t-elle dans la nuit surgi devant ta face?
Ou l'homme à longue barbe errant dans le Palais [4]
Va-t-il mettre au grand jour les fastes bordelais?
Mais non; de ces terreurs ton ame est affranchie;
Toi qui soutiens les mœurs dans notre monarchie,
Tu sais bien que jamais un juge audiencier
N'osera contre toi dérouler un dossier,
Car Thémis est ta fille, et cette vierge austère
Resserre son bandeau pour ne pas voir son père.

Un bien plus juste effroi consterne tes esprits:
Ton oreille fermée aux clameurs de Paris,
Cette fois s'est ouverte au long cri de détresse
Que pousse autour de toi l'agonisante presse;
D'un grand peuple indigné la souveraine Cour

A jugé ta *justice* et maudit ton *amour ;*

En vain, chaque matin, ta pesante logique

Charge du Moniteur la feuille léthargique;

En vain pour imposer un si funeste don

Ta faiblesse a recours aux *houras* de Dudon;

En vain ta triste loi s'avance garantie

Par Bonald et Beugnot, soldats de sacristie :

Tout s'arme contre toi, le triste Luxembourg,

Et le quartier d'Antin et le noble faubourg;

Des ateliers proscrits secouant la poussière,

Les fils de Guttemberg ont levé leur bannière;

Les robustes fondeurs, les pressiers aux bras nus,

Les protes escortés d'apprentis ingénus,

Chaque jour empressés de publier leurs votes,

Remplissent de leurs noms les journaux patriotes;

Bientôt, le front couvert d'un grotesque bonnet [5],

Ils criront anathême à la loi Peyronnet.

Dans son camp menacé, sentinelle endormie,

Se réveille en sursaut la noble Académie;

Salgues, ce vieux soutien de l'autel et du Roi,

L'oriflamme à la main, s'avance contre toi;

Par un soudain accord, les feuilles opposées

Livrent ta loi vandale aux publiques risées,

Et des grands écrivains, gloire du nom français,

L'éloquence en éclats tombe sur ton palais.

Tout autre frémirait à l'aspect de l'orage;

Mais tu sais que ce poste honore ton courage;

Mont–Rouge t'a choisi comme son capitan,

Il t'a dit : Fils d'Omar, revêts-toi du caftan,

Mais ne va pas, semblable au héros de la Mecque,

Des trésors enlevés à la bibliothèque

Chauffer pendant six mois les bains de Tivoli [6];

Sarrasin de bon ton et Vandale poli,

Par de plus doux moyens que ton plan réussisse;

Etouffe la pensée au nom de la justice,

Il faut à notre presse une nouvelle loi,

Tu dois nous la donner pour gage de ta foi.

Et ton bras s'est offert pour ce coup téméraire!

Ta vaillance s'accrut à l'aspect du salaire ;

Mais la main qui te paie et te pousse au champ-clos ,

Habile seulement à tramer des complots,

Dans l'ombre et le secret se cache ensevelie ;

Ainsi dans les États de la vieille Italie,

Pour insulter un brave en ménageant leur sein,

Des cardinaux poltrons soldent un spadassin 7.

Alors de cette plaine où Mont-Rouge réside

S'élève dans les airs une vapeur fétide ,

Météore brumeux, foyer d'obscurité :

Le vent ultramontain par Ignace excité

Le pousse vers Paris ; l'aérostat immense

Sur le château royal un instant se balance ,

Fond sur la chambre, éclate, et du noir tourbillon

Tu t'élances armé du timbre et du bâillon.

Certes, il était temps que ta main aguerrie

Se levât tout-à-coup pour sauver la patrie ;

C'en était fait des mœurs ; les écrivains français

Devaient être ravis à leurs propres excès ;

On disait : Le libraire, argus alphabétique,

Livre aux *in-trente-deux* le foyer domestique;

La satire n'est plus qu'un métier de forban,

Et la littérature est en proie à Raban.

Quelle honte ! Du moins si leur plume ennemie

Eût d'obscurs citoyens exhumé l'infamie !

Mais souvent, pour grossir un cynique recueil,

Ils ont de ton hôtel osé franchir le seuil,

Sans y lire ces mots gravés par le scandale :

La conduite des grands fait le code en morale,

Et le maître des Dieux, bravant le droit canon,

Divinisa l'inceste en épousant Junon.

Ainsi les citoyens puissans ou subalternes

Braveront désormais ces Plutarques modernes,

Agens provocateurs que Thémis immola

Et que l'or de Mont-Rouge en secret consola ;

Mais tu pousses trop loin ta justice et ton zèle ;

La France est à tes yeux coupable de libelle,

Et ton injuste arrêt flétrit du même ton

Le chantre des Martyrs et le triste Piton.

Nous aussi dont la muse, amante de la Charte,

N'a jamais invoqué l'éloquence de Barthe,

Complices, désormais, de mille autres proscrits,

Nous verrons en naissant expirer nos écrits.

A l'hôtel Dupuytren, dans la France marâtre [8],

Les auteurs trouveront le lit de Malfilâtre ;

Corbière plus humain, au fond de son grenier,

Nourrissait d'eau limpide Apollon prisonnier ;

Mais toi, renchérissant sur ses bontés secrètes,

Dans la tour d'Ugolin tu cloîtres les poëtes.

Eh! pourtant de ta loi le coup appesanti

Frappe ceux que tu hais et ceux de ton parti ;

Quoi donc! l'ardent soutien de ton doux ministère,

En écrivant pour toi serait ton tributaire !

Non ; sous l'édit commun pour la forme ployé

Par la caisse secrète il sera défrayé,

Et les deniers bénis que Mont–Rouge recueille [9]

Pairont l'impôt d'un franc pour la première feuille.

Mais du peuple éclairé le courageux mépris

Aux dévots éditeurs renverra ces écrits;

Sitôt que tes censeurs, valets du saint-office,

Graveront leur suffrage au bas d'un frontispice,

Le public à son tour en censeur érigé

Saura mettre à l'index l'ouvrage protégé,

Et s'armant contre toi d'une justice prompte

Couvrira ton cachet du timbre de la honte.

Dans un écrit sublime en vain Châteaubriand

Eveillera la France aux cris de l'Orient;

L'avarice du fisc empreinte à chaque page

Au lecteur indigent interdira l'ouvrage;

Cependant qu'à Nancy, monseigneur de Janson,

Dans un long mandement sans timbre et sans raison,

Pourra, chaque carême, apôtre du scandale,

En citant saint Mathieu, damner la Cour royale.

Le bon sens au berceau trouvera son cercueil;

Alors pour consoler la librairie en deuil,

Les bedeaux ouvriront sur les places publiques

L'armoire à deux battans où pendent les reliques,

Et vendront, sans pudeur, au malade enchanté

L'*in-trente-deux* béni, manuel de santé [10],

Où sainte Apollonie, Hippocrate à la mode,

Guérit les maux de dents mieux que Désirabode.

Alors ces livrets bleus préparés avec soin

Pour réparer les maux du Tartufe–Baudouin,

Ces codes clandestins qui proclament la dîme,

Que Loriquet publie et que Rusand imprime [11],

Tous ces dévots pamphlets exhumés de son camp,

Que vomit Saint–Sulpice, Ethna du Vatican,

Affranchis de l'impôt, grâce à ta tolérance,

Aux frais du sacerdoce inonderont la France ;

Lapalme devant eux courbera ses faisceaux [12],

Et le douanier commis à la garde des sceaux,

Sans oser les flétrir d'une profane empreinte,

Devant son timbre oisif s'inclinera de crainte.

Vainement, pour punir ces burlesques pamphlets,

2

Nos journaux courageux saisiront leurs sifflets :
Bientôt, sous le bâillon, leurs voix seront muettes;
Ta main saura briser ces bruyantes trompettes
Dont les magiques sons, reproduits par l'écho,
Menacent ton palais du sort de Jéricho.
Auprès de la Rotonde, étourdi de leur perte,
Pérussault pleurera sous sa tente déserte [13];
Et tels qui, chaque jour, dans la tiède saison,
Un journal à la main, erraient sur le gazon,
Faute d'autre aliment, pressés par la disette,
En maudissant ta loi, vivront de la *Gazette*.
Alors refleuriront les jours de l'âge d'or;
L'esprit, rendu captif, oubliera son essor;
Du peuple converti l'heureuse insouciance
N'osera profaner l'arbre de la science;
Et le serf ébahi, courbé devant l'autel,
Admirera le clerc lisant dans un missel.

Mais, pour peindre l'excès de tant d'ignominie,
Quittons, il en est temps, une froide ironie;

Quittons ces vains détours : que, dans sa nudité,

Apparaisse en nos vers l'austère Vérité !

Ecoute : tu prétends enchaîner la Fortune ;

Soit : ta voix a dompté l'une et l'autre tribune,

Et le vieux *Moniteur*, héraut de tes exploits ,

A gravé ton projet au *Bulletin des Lois ;*

Crois–tu donc, sans retour, dans la France oppressée

Avoir, sous ta simarre, étouffé la pensée,

Et, grâce au zèle ardent de tes noirs familiers,

D'un sommeil éternel frappé nos ateliers ?

Oui, d'abord une sombre et froide léthargie

Du typographe oisif glacera l'énergie ;

Mais bientôt l'artisan, conseillé par la faim,

Aux ateliers secrets demandera son pain;

Bientôt la Vérité, proscrite sur la terre,

Creusera sous tes pieds ses arsenaux de guerre,

Et, bravant le pouvoir qui veut la museler,

Du fond de ses caveaux viendra nous consoler.

Pareils à ces chrétiens de la naissante Eglise,

Des citoyens, usant d'une fraude permise,

2*

Porteront, en bravant l'édit persécuteur,

Le nouvel évangile à l'avide lecteur.

Bien plus : pour s'affranchir de tes lois arbitraires,

D'illustres fugitifs, émigrés volontaires,

Demanderont asile au Belge, ami des arts;

Bruxelle avec transport ouvrira ses remparts,

Et, fier de réparer une honteuse injure,

Deviendra le Coblentz de la littérature.

Un jour, de leur exil en pompe ramenés

Ils reverront encor leurs foyers profanés,

Et bientôt dans Paris rétabliront, sans crime,

De l'antique raison le trône légitime.

En attendant ce jour hâté par nos désirs,

Nous goûterons les fruits de leurs doctes loisirs;

Leurs mains ennobliront la vile contrebande;

Du fond des ateliers que nourrit la Hollande,

D'invisibles agens glisseront dans Paris

Par de secrets canaux les chefs-d'œuvre proscrits;

Aux griffes de Franchet dérobant la pensée,

Ils tromperont l'instinct de sa meute exercée,

Et du bon sens banni colporteurs glorieux,

De sillons de lumière éblouiront nos yeux.

Ainsi dans ces bazars, où sous un toit de verre

La foule de Paris à longs flots se resserre,

Sitôt que sur les murs de la vaste cité

La diligente nuit verse l'obscurité,

De cent cristaux, qu'effleure une cire timide,

Le gaz impétueux jaillit en pyramide;

Il rallume le jour, et l'on contemple encor

Les merveilles de l'art sous les portiques d'or;

Cependant le vulgaire ignore quelle issue

A guidé jusqu'à lui la flamme inaperçue,

Il jouit du bienfait, et son œil n'a pu voir

Du fluide subtil le lointain réservoir.

Mais pourquoi te bercer d'un espoir ridicule?

Un bruit avant-coureur confusément circule,

Il semble t'annoncer que ton règne est détruit;

Tu n'as pas oublié cette effroyable nuit,

Cette nuit si funeste aux aînés de famille,

Où du palais des Pairs longeant la haute grille ,

Tu revins aux lueurs d'un millier de flambeaux,

De ta loi mutilée emportant les lambeaux. **14**

Songe que ce sénat dont la garde attentive

Préserva de tes mains l'urne législative,

De nos droits contestés sera le ferme appui ;

Sa justice inflexible, éveillée aujourd'hui,

Est prête à déjouer le plan que tu médites :

On a vu quelquefois de ces mères maudites

Dont les flancs malheureux ne peuvent mettre au jour

Que des fruits, juste horreur du conjugal amour,

Des cyclopes hideux ou d'obscènes harpies,

Du type créateur dégoûtantes copies ;

La main craint leur contact, l'œil frémit de les voir,

Et dans ce cas affreux le meurtre est un devoir ;

Ainsi, lorsque sortant de ton sein en souffrance,

Tes difformes fœtus épouvantent la France,

Ravi de leur laideur, loin de les repousser,

Dans tes bras paternels tu veux les enlacer ;

Mais la mort doit frapper le fruit que tu fis naître ;

En vain pour soutenir la honte de son être,

Tu mandes près de toi tes jongleurs soudoyés ;

De tes enfantemens les témoins effrayés,

Etouffent sans pitié, de leurs mains vengeresses,

Les monstres qu'ont vomis tes hideuses grossesses,

Et l'oreille fermée à tes lugubres cris,

Rejettent au néant ces informes débris.

NOTES.

NOTES.

❊

1 Jamais sur les coussins où Ta Grandeur repose.

M. le comte de Peyronnet s'est élevé, dans son salon d'audience, un trône magnifique; il y monte par quelques degrés recouverts d'un riche tapis. Si le solliciteur qui entre est tout simplement un homme, le ministre fait une légère inclination de tête; si c'est un monsieur décoré, deux inclinations; si c'est une dame, trois; si elle est jeune et jolie, M. de Peyronnet se lève et descend une marche. Pendant qu'on le sollicite, M. de Peyronnet tient ses jambes croisées, la pointe du pied gauche à la hauteur de l'œil, et il joue négligemment avec le cordon soyeux de sa sonnette; si la sollicitation est trop longue, M. de Peyronnet s'endort.

Dans son billard désert t'appelle chaque soir.

Nous avons vu ce billard ; il sort des ateliers de Jacob, et coûte mille écús dont nous avons payé notre part dans le budget des affaires ecclésiastiques.

³ L'ombre de Guttemberg exprimant la menace.

Jean Gensfleisch Guttemberg, de Mayence, inventa l'imprimerie en 1440. Il s'associa d'abord Pierre Schœffer, orfèvre, et ensuite Faust. Ce dernier, en récompense des services qu'il avait rendus aux sciences et aux lettres, fut condamné à être brûlé vif sur la place de Grève à Paris. Le tyran Louis XI, plus humain que ses ministres, ne put arracher Faust à la fureur du fanatisme, qu'en lui donnant un asile dans son propre palais.

⁴ Ou l'homme à longue barbe errant dans le Palais.

Tout Paris a vu, dans les galeries du Palais-Royal, cet homme dont l'extérieur annonce la misère et dont le regard fier décèle une ame d'une trempe peu commune ; c'est un Bordelais qui sait son Peyronnet sur le bout du doigt.

⁵ Bientôt le front couvert d'un grotesque bonnet.

Les ouvriers imprimeurs portent dans leurs ateliers un bonnet de papier blanc ; c'est le signe distinctif du métier. En 1825, le corps d'un imprimeur suicidé fut refusé à l'église St.-G......; ses nombreux ouvriers

descendirent dans la rue avec leurs bonnets, et impo-
sèrent au curé le service funèbre. Nous ne citons pas ce
fait pour en faire l'éloge, mais pour faire remarquer la
circonstance des bonnets.

6 Chauffer pendant six mois les bains de Tivoli.

Il est peut-être inutile de rappeler au lecteur que le
Turc Omar, patron de notre ministère, dépouilla la bibliothèque d'Alexandrie, dont les livres innombrables
chauffèrent, pendant six mois, les bains des Ptolémées.

7 Des cardinaux poltrons soldent un spadassin.

On sait que la riante Italie est la terre classique des
assassinats par procuration. César Borgia, fils du pape
Alexandre VI, prince plus belliqueux que brave, avait
sous sa main une centaine de ces *vaillancts d'espée* qui
se battaient pour lui lorsqu'il en avait besoin. Louis de
Farnèse, neveu du faible Paul III, ne marchait jamais
qu'escorté d'une semblable garde. Ses audacieux satelli-
tes portèrent un jour, par ses ordres, des mains obscènes
et violentes sur le jeune Gheri, évêque de Fano. Cet
horrible sacrilége fut rapporté à Paul ; le bon pape ré-
pondit aux rapporteurs : *Il faut bien que jeunesse se passe.*

(*Histoire du pontificat de Léon X, par William Roscoë.*)

8 A l'hôtel Dupuytren, dans la France marâtre.

M. le baron Dupuytren, entre les mains duquel tous
les hommes illustres ont la bonté de mourir, est chirur-

gien en chef de l'Hôtel-Dieu ; c'est le plus proche voisin de l'archevêché, où réside M. de Q....., lequel se rend chez les comédiens qui ne le demandent pas, et ne va pas chez les académiciens qui le demandent.

9 Et les deniers bénis que Mont-Rouge recueille.

La France catholique a été frappée, par la Congrégation, d'un impôt que les Chambres n'ont pas voté ; par ordonnance de plusieurs évêques, il a été intimé aux fidèles de verser dans un tronc *ad hoc*, cinq centimes par semaine. Ces fonds sont destinés à une œuvre inconnue ; la caisse d'amortissement de ces centimes est établie à **Lyon.**

10 L'in-trente-deux béni, manuel de santé.

La campagne est inondée de ces in-trente-deux bénis ; ils sont imprimés, comme de raison, chez Rusand, et vendus à la porte des églises, ou dans des échoppes foraines. Il ne leur manque, pour être classés dans les topiques, que l'approbation de la Faculté de Médecine. Les prières qu'ils renferment guérissent, entre autres affections morbides, la gale, l'hydrophobie, et surtout les maux de dents ; sainte Apollonie est chargée de ces cures merveilleuses, et elle s'en acquitte bien. Nos adversaires prétendent que ce sont de pieuses croyances qu'il faut entretenir chez le peuple, pour le ramener à la religion ; nos adversaires raisonnent toujours de cette force-là, et *l'Étoile* soutient qu'ils ont raison.

[11] Que Loriquet publie et que Rusand imprime.

Tous les livres et toutes les brochures jésuitiques sortent des presses de Rusand, dont les ateliers avoisinent l'église Saint-Sulpice et la caserne ecclésiastique qui en dépend. La ville de Lyon possède aussi son Rusand libraire.

[12] Lapalme devant eux courbera ses faisceaux.

M. Lapalme, procureur du Roi, a fait ses premières armes dans l'affaire intentée au *Courrier français*, au sujet de la loi Peyronnet.

[13] Pérussault pleurera sous sa tente déserte.

M. Pérussault tient le cabinet littéraire en plein air du Palais-Royal; son nom est stampé sur l'angle de chaque feuille qu'il loue au public. Dans la belle saison les gazons du jardin sont bordés de lecteurs.

[14] De ta loi mutilée emportant les lambeaux.

Paris conservera long-temps le souvenir de cette mémorable nuit, où des feux de joie éclairèrent les funérailles du droit d'aînesse. Pendant que la capitale était presque toute illuminée, M. de Peyronnet la traversait, emportant à son hôtel les débris de sa loi.

✳

www.ingramcontent.com/pod-product-compliance
Lightning Source LLC
Chambersburg PA
CBHW061626180626
46818CB00005B/2258